삼천궁녀의 마지막 충정

삼천궁녀의 마지막 충정

청운 최완영(崔完榮) 시집

문학秀출판

시집을 내면서

시집詩集을 내겠다고 계획한 적은 없었다. 평상시 시상이 떠오르면 습작하여 한 장 한 장 보관하기 시작하였다. 그러던 중 우리 사무실에서 중학교 동창회를 열었다. 동창 중에 환경부 차관을 지낸 심영섭 차관님과 박청자 시인이 내 책상 위에 습작 뭉치를 보고 여기 진짜 시인이 있구먼 하면서 3편만 가져가겠다고 하였다. 그 후 몇 달 후였다.

문학상을 받으러 오라는 통지를 받았고 그 후부터 문학지에서 습작 2편씩 보내달라면 보내주고 하며 문학지에 실리곤 하였다. 문학지 두 곳에 보내다 보니 어느덧 시 작품이 20~30편이 되었고, 습작해 놓은데서 고르고 고르다 보니 70편이 되었다. 그리하여 문학秀 주간이신 카타리나 이영자 선생

님과 정은출판 노용제 대표님의 도움을 받아 본 시집을 내게 되었다. 두 선생님에게 감사를 드립니다.

앞으로 제2집을 준비하기 위하여 훌륭한 화자와 과감한 퇴고 더욱 훌륭한 시가 되도록 노력하겠다.

2023. 12.

시인 청운 최완영

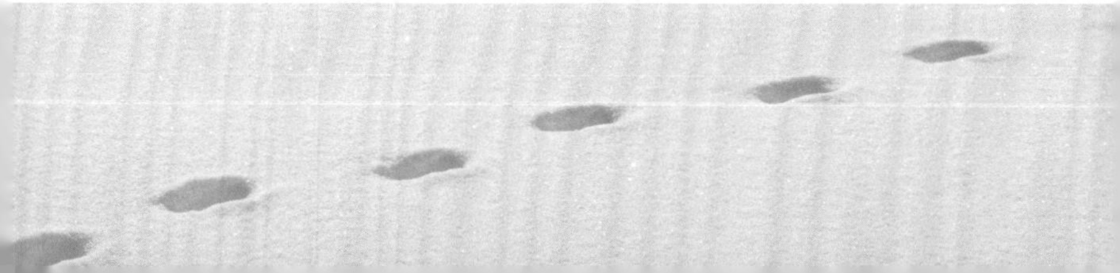

| 목차 |

제1부 아카시아꽃 필 때

제2부 삼천궁녀의 마지막 충정

제3부 보름달의 추억

제4부 계절의 선물

제5부 인생

제6부 세월은 가는데

제7부 꽃의 계절

덕일신 과일소

덕망이 날로 새로워지고
날이 갈수록 젊어진다

화기집문 상서로운 기운이 집안으로 모여들고 있다.

최완영 시인의 어머님

제1부

아카시아꽃 필 때

지금은 모두 다
어디로 가고 향기에 젖은 내 맘에
아카시아 꽃향기만 피고 또 피고

사무실에서 처가식구들과 함께

봄

봄은 수만 리 먼 곳에서 오는가 봐
태풍에 쫓기고 파도에 밀려오느라
힘이 들었겠지
동백꽃에 머물러
밤새 눈맞고 잠들었나 봐
버들강아지 하늘하늘 춤을 추는데

개나리 진달래 꽃다지
언제 피우려고
봄은 늦잠을 자는구나

시골 마을에서

아랫마을 진성네 모내기하던 날
밭모퉁이 들 밥 터 지날 때면

목소리 큰 누군가가 불러댔지
어이 밥 먹고 가게나 이리 오게

정겨운 그 목소리 가슴에 남아
아욱국 향기보다 좋았다.

내 가슴속에 각인된 그리움의 진원지
지금도 그 풍경 그리워진다.

마을을 지나 개울 건너까지 따라온
고향의 진한 향수 이젠 말없이 흐르는
시냇물이 반기고
나도 따라 눈물이 맺힌다.

매화꽃

언 땅 딛고 서서 맨발이라도 좋다
창밖에 두 그루 매화꽃 반갑다.

이른 봄 마중 누구의 명령일까
곱디곱게 매무새 꽃단장하고
잎도 피지 않는 가지에 서둘러 나왔구나

그 향기에 취한 나
봄은 후딱 입술을 물었다.

가는 세월

어느 때던가
새벽 등산에 머리에선 모락모락
김이 나고 있었지

가슴에서 끓는 피가 솟구쳐
산을 오를 수밖에 없던 그 날

굳은 나무토막 등걸이 손을 붙잡아
반갑게 악수하고 산등성이를 내려온다.

'부엉부엉' 쓸쓸한 부엉이 울음
애닯던 어느 멋진 날의 가을

아카시아꽃 필 때

동구 밖 산언덕에 아카시아꽃 만발하고
아랫마을 우물가엔 여인네들 모여
쑤군쑤군 속닥속닥 정담도 구수했지

앞마을 냇가 빨래터
빨래하던 해맑은 순님씨
치맛자락 입 가리고 수줍어하던 고향

지금은 모두다
어디로 가고 향기에 젖은 내 맘에
아카시아 꽃향기만 피고 또 피고

그때 그 시절 변함없으련만
한없이 그리워지는 순백의 오월 천사
꽃그늘에 앉아 너를 생각한다.

굴

무리 지어 피었네
갑옷 입은 어린 왕자

흰옷에 검은 띠 두른
탱탱한 유단자 녀석

온통 바다 맛을 몰아온
우유의 성장줄

용왕님의 작명인가
시원한 바다 사나이

소주도 너 없으면 외롭단다
겨울 나그네 동반자.

굴, 너
용궁에선 귀족에 속하겠구나

막국수 집

초가을 강물은 맑은데
여주 이포다리 건너가니

장서리 막국숫집
촘촘히 들어섰네

참새 방앗간 지나칠세라
한 그릇 뚝딱하니
포만감에 흠뻑

막걸리 한잔 곁들인 것이
온몸이 짜르르
달빛에 하얀 꽃이 지천으로 피어있네

백암白岩 배가미 순대

청미천 굽어 흐르고
하얀 모래 벌이 햇살에 눈 부시다.

옛날 마을이 있기 전에 하얀 모래 벌이
백색 나는 바윗덩이 닮았다고

백암白岩 (배가미)이라 불렀다네
옛부터 곡창지라 종개뜰과 씨앗뜰이 펼쳐있고
장날이면 인심 좋은 백암 (배가미) 순댓국에
하얀 쌀밥 푹 말아서 순대 한 주먹 더 넣어주던 주모

백암이 농주 막걸리 한잔 곁들이고
농예소 장만하여 집으로 가던 그때가 그립구나.

지금도 인심 좋던 배가미 순대 그 주모 집
후손들이 그대로 이어가고 있으니
참으로 다행이라 말하리라

옛 친구들

초등학교 수업 끝나고 집으로 돌아갈 때
교문 밖 벗어나면
신발짝 벗어들고 뛰기 시작

장마져서 청미천이 넘실거리면
뚝방에 옷 벗어 던지고
너도나도 뛰어들던 옛 친구들

지금은 어디로 갔는지
그 시절 잊지 못해 보고프면
빛바랜 앨범 속 그들에게 안부를 전한다

좋은 소식엔 함께 기뻐한단다
지금도 청미천 흐르는 시냇물 뽀글뽀글
하루종일 쉬지 않고 흘러만 가는구나

아름다운 복숭아꽃

화사한 봄 햇살에 피어나는
아름다운 복숭아꽃
연분홍으로 님의 옷자락에 물들고

품속으로 은은하게 서서히
파고드는 봄기운이
온몸을 따사롭게 녹여준다.

꽃술에 얼굴 파묻고 흠뻑 꿀을 따는 꿀벌들
길잃은 망아지 되어 철없이 헤매다
무정하게 어디론가 떠나가는구나

제2부

삼천궁녀의 마지막 충정

고란사 목탁 소리
고요한 적막을 깨며 울려 퍼지는데
삼천궁녀 고혼은 참선에 들었나 보다

최완영 시인

바둑친구들

만나면 얼싸안고 좋아했지
술 한잔하면서 바둑 함께 두는 친구들

오일장날이면 누가 먼저랄 것도 없이
만나던 친구였는데 인생은 알 수 없는 수수께끼

어느 날 비보가 날아왔다
한 친구가 세상 떠나던 날이었지

취한 몸 가누며 걷던 귀갓길
마차 바퀴 고인 물에 넘어지며 세상 이별하는 날

허무하게 운명했다는 비보
오늘도 그날처럼 바둑 두는 친구들 모였다

문득 생각나는 떠난 친구의 뒷모습
예나 지금이나 우린 술 내기 바둑은 마찬가지

저무는 서쪽 마을

창공에 태양이 온종일 머물다
제집 찾아 기울기 시작하네
산상 하늘 떠안고 온종일 팔이 아픈 노송들

나무 사이로 물들던 노을이
저무는 서쪽 마을로
땅거미 되어 내려앉고 한 집 두 집 불을 밝힌다.

가로등이 켜지면 자동차 불빛은
제집 찾기 시작하는데
아이들 목소리와 강아지 짖는 소리마저 정겹다.

고요히 가라앉은 저무는 서쪽 마을
평화롭고 아름다움 간직한 채 오늘 하루도
꿈나라 찾아 조용히 잠들어가누나

목련이 필 때면

어느덧 봄인지 따뜻함이 스며든다
산사에 오르막길이 구불렁이고
시원한 쪽박샘 나의 시선을 잠그네

활짝 핀 목련이 대웅전 운치를 돋우고
부처님도 목련을 바라보시는 듯
평안을 주시는 표정으로 내려보신다.

다람쥐와 새들의 천국이 따로 있던가
평화롭고 아름다움이 넘치니
나의 심정을 잠시 멈추게 하는구나

생거 용인

산천 수려하고 새들도 쉬어 가는 곳
반짝이는 수정처럼 맑고 힘찬 기운 넘치는
살기 좋은 생거 용인의 처인, 기흥, 수지

고려 시대 몽골군 침략을 살리타이 총사령관
사살로 승전고 울린 김윤후 장군 활약
자랑스러워라

왜놈들에게 짓밟히다 되찾고
구국운동으로 조국을 위해 임옥여, 정주원,
이익삼, 최삼현, 오희옥 용감한 용인의 의병들이 있어

삼일만세운동 시발점의 발화된 좌찬고개
어이 잊으랴 인구 100만이 넘고 행복이 넘치는
활기찬 도시 생거 용인에서 살고파라

경주 천년의 고도

천하를 호령했던 왕궁은
첨성대 불국사 안압지와 더불어
작은 산봉우리 왕릉으로 앉았구나

꽃나무의 도열은
화랑의 군율인 듯

여왕님들의 한세상이
화려하게 거쳐 갔다는데

짝사랑하던 관리들은
어느 곳을 거닐었는지

촉촉했던 입김만
흔적처럼 남아

경주 천년의 고도는
꽃길 속 꿈결로 잠들어 있구나

삼천궁녀의 마지막 충정

부소산 낙화암 절벽 아래
백마강 물안개는 지금도 피어오르네

백제 삼천궁녀의 마지막 충정
치마폭 부여잡고 님을 향한 그 길

낙화암 절벽에 몸을 던졌으니
산천도 울고 하늘도 울고
날아가는 새들도 울었다오

고란사 목탁 소리
고요한 적막을 깨며 울려 퍼지는데
삼천궁녀 고혼은 참선에 들었나 보다

부소산 산장은 외로운 달빛 아래 희미하고
백제의 원혼 달래려
부엉이는 밤새도록
그렇게 애달프게 우는가 보다

봄은 바람결에 살며시 온다네

겨우내 잠자는 만물들
꽃샘바람에 후딱 깨어
춤추고

나뭇가지
봄 손님 온다고
계절 준비 분주하다

꽃눈이 볼록볼록
잎눈이 볼록볼록

산천에 우짖는 노고지리도
목청 돋우며 노래하는
언덕에는 아지랑이 아롱아롱

겨울 가고 봄이 온다네
천지 흔드는 바람결에 마중 나온
매화 꽃봉오리 서둘러 입춘을 물었네

귀뚜라미 소리

산들바람이 스쳐 온다
어디선가 수심이 가득 찬 소리
벌써 들려오는 귀뚜리 소리

기적소리는 들리다
멈추기도 하련만
귀뚜리 소리는 멈출 줄을 모르네

무더운 여름이 쫓겨 가다 미련이 남았는가
귀뚜리 소리 빌려 속울음 우는가
사과와 알밤 탱탱이 여물게 하고

황금들에 오곡 풍성히 채워놓고
떠나는 마음 스산한 바람만 부니

귀뚜리 울음 빌려 여름이 우는가
산들바람 타고 온 가을이 노래하는가
귓가에 맴도는 귀뚜리 소리
이 밤도 멈추지 않는다.

봄 제비

수천수만 리 머나먼 나라에서
따뜻한 남쪽 나라 찾아

작년에 갔던 가을 제비
봄 제비로 돌아왔다네

따뜻한 남쪽 나라 찾아오는 길
얼마나 고생하였을까

날개깃 꽁지깃에 지친 기색
눈동자만 반짝반짝

살기 좋은 나라 찾아왔으니,
건강하고 씩씩하게 살아다오

착한 마음 가난한 이들에게
복뎅이 박 덩이 한 아름 안겨다오

뻐꾸기

뻐꾸기는 여름 한 철
찾아오는 철새

어머니 말씀에
뻐꾸기가 울었으니
텃밭에 들깨 씨 뿌려라

연연히 말씀하시던 어머니
이제는 하늘나라에 가셨지만

오늘도 뻐꾸기 울어댄다
뻐꾹 뻐꾹 뻐뻐국
어머니 오신 것처럼 반갑다

뒷산 뻐꾸기 울면
사흘 내에 들깨 씨 뿌려야 한다던
어머니 말씀대로
형제들 함께 들깨 씨를 뿌린다

제3부

보름달의 추억

은은한 달덩이 환하게 웃는 옆 사람
그때는 곱다 소리를 왜 못했을까
지금도 예쁘게 남아 있는 그 사람

아내와 함께

석양의 기러기

노을이 물드는 저물녘
기러기 줄지어 날아가네

끼룩끼룩
소리치며 날아가네
잘 훈련된 병사들

승전을 알리는 쾌감일까
조직 이탈을 막으려는 것일까
힘 있는 소리 서쪽 하늘을 매고 가네

따뜻한 남쪽 나라 찾아
바쁘게 바쁘게 나르네
다시 만날 약속을 남기고

그들 앞날을 축복하며
바라만 보는 내 눈에도
노을이 지네

힘이 솟는 봄

긴 추위를 견디며
힘차게 땅을 뚫고
솟아나는 새싹들

새로운 세상을 펼치느라
나무는 가지마다 새 옷을 입히고
아름다운 꽃도 피운다

너울너울 춤을 추어가며
만물이 생동하니
너도, 나도 젊은 힘이 솟아오른다
굳은 내 발바닥에도 꽃이 핀다

외로운 송학

앞산 솔숲에
학 한 마리

어떤 사연 있기에
외로이 숲을 지킨단 말이냐

이 숲에서 짝을 잃었느냐
새끼를 품어 날려 보냈느냐

기다란 목 새 중에는 분명
귀족에 속하는데

명상에 빠졌는가 슬픈 사연 깃든
검은 눈자위 솔가지에 박혀 있구나

농촌에서

논밭을 돌며 괭이를 메고
가물어 메마른 땅을 뒤돌아 살핀다.

산 너머 날아가는 흰 구름엔
비 한 방울 섞이지 않았다

멀쩡한 날에 뜬구름이라
내 가슴에도 땅처럼 갈라진다.

논머리, 관정 묻어 양수기로 물 푸니
물 걱정 안 하고 쌀 농사짓는다

해마다 풍년 되니 넘쳐나는 쌀
인심이 저절로 불어난다

엿 고고 떡 하고 쌀 막걸리도 빚으니
농촌 생활 우리 가정 행복이 무르익는다.

보름달의 추억

보름 명절 월출봉에
달 뜨기를 기다린다

나무 사이로 구름이 걸쳐
고운 달을 못 보는가 싶더니
마침내 솟아오르고 있다

밝고 맑은 둥근 자태
토끼 그림자도 선명하다

함께 있는 그 사람처럼
곁저고리 치마폭 고운 얼굴까지 닮은

은은한 달덩이 환하게 웃는 옆 사람
그때는 곱다 소리를 왜 못했을까

지금도 예쁘게 남아 있는 그 사람

달라지는 농촌

오늘도 정원사 목탁 소리 은은하다
하루 시작되는 농사

수정 산하 마을들은 평화롭다
청미천 상류의 물안개는 걷히고
아침 태양 아래 농촌은 분주하다

농가마다 농작물 가꾸기
힘찬 노력이 엿보이고
여름 한 철 농사지어 겨울 한철 편했다.

농가마다 풍년들면 인심이 후했고
이웃집 결혼식과
큰댁들 회갑 잔치에 먹을 복이 터졌다

그러던 농사가 기계화되면서
시골 인심에 변화가 오는지
요즘은 경제적 타산주의가 노골화되었다

공장이 들어오고 생활의 규모가 변화되며
주택은 빌라가 교통은 논밭까지 자가용이
농촌이 달라지고 있다

구름아 너도 쉬어간다고

여기가 어디더냐
구름도 쉬어 가자는 곳
용인특례시 살기 좋은 땅

관광 자원이 된 기흥 저수지와
이동 어비리 저수지
용담 저수지는 철새들 도래지지

산혈山穴이 꿈틀대는 용혈龍穴들
부유함을 가져오고
계곡에 흐르는 청수는 약수라네
살아보니 살기 좋은 곳

하늘도 맑고 산세山勢도 산뜻해
삼성과 SK하이닉스가 시민들을
기름지게 한다네

내 삶의 터전 용인특례시
하늘이 내려주신 곳에서
나는 산다네

수건手巾

나의 고향은 공장이다
내 마음대로 태어나지는 못했지만

나의 설 자리는 분명하다
나를 선택하는 주인님에 따라
나의 팔자가 달라지는 건 하늘의 뜻

어느 때는 장롱 속에서 쉬고 있고
어느 때는 화장실에서
어르신 젖은 손을 닦아주기도 한다

어떤 녀석은 운이 좋아
젊은 사모님 품속에서
이곳저곳 못 갈 곳이 없단다

어찌 보면 천해 보이지만
어디에든 꼭 필요한 존재
내 이름은 수건 중에 명품이란다

생명의 한강수

수백 수천 리의 물줄기가
주야장천晝夜長川 흐르네
목마른 생명生命들
목축이는 생명수生命水

언제부터 언제까지
흘러만 가려는가
강바닥엔 모래를 깔아놓고
제 길을 내며 간다네

때로는 물거품 부서지는 기척에
뒤돌아보니 서울을 지나치고 마는
나도 고향을 떠나는 마음 같아서
속으로 뽀글뽀글 울며 흘러간다네

소낙비

바람결에 쏟아지는
먹구름 속 소낙비

엷광으로 햇빛에 반짝이는
물줄기는 투명한 기타 줄 같아

산등성이 나무숲을
쏜살같이 지나쳐 간다

까막까치 젖은 몸을 흔들어 털고
이 산 저 산 뻐꾹새는 울어대는데

밭을 매던 아주머니 깜짝 놀라
팔뚝만 한 지렁이 바라만 본다

제4부

계절의 선물

그리울 때 만나지 못해 서글프지만
때가 되면 만나게 되듯

아들과 손자

익어가는 산딸기

산모퉁이 길가에
임자 없는 산딸기

그 녀석 빨갛게 익어가네
나를 유혹하는구나
바라보는 순간 입에선 군침이 돈다

그냥 지나칠 순 없지
몇 알 따 입에 넣었더니

입안에서 사르르 녹는다
먹을 복이 터진 날이다

식구에게 자랑하려고 가득 따 담는다
아내 볼도 딸기처럼 빨개질까

오덕五德

매미의 첫 울음소리를
7월 12일에 들었다

여름 한 철 와서 오덕을 갖추고 산다는 매미
갈 때는 자취도 없이 가버리는
신信의가 있다는 곤충이다

검儉소하며 염廉치가 있고
청淸백할뿐더러 문文도 있다고
조선 시대에는 평가했단다.

임금님께서 집무하실 때 쓰신 모자를
익선관翼蟬冠이라 부른다니
매미 소리만 들어도 숙연해진다

무궁화

꽃봉오리 분홍빛으로 활짝 피어
무더운 여름이 시작됨을 알려주네

풍성한 꽃잎은 풍요를 기원하고
씨방에 흐벅진 꿀은 벌들과 나비 떼
곳간을 채워줄 노다지 먹이통일세

시원한 그늘도 좋을시고
아름다운 꽃 중의 꽃
나라 사랑이 만발하였다오

오가는 계절

봄을 업고 오는 용감한 새싹들
차디찬 겨울이 밀려나고

초록으로 온 세상을 뒤덮는
굳센 모습은 미소를 잃지 않았다

영원히 자리를 지킬 줄 알았는데
차마 계절의 변화는 어찌하겠는가

차가움에 밀려 단풍 되고
낙엽 될 줄을 누가 알았나

우수수 힘없이 날지는 말아라
인생도 바람이고 구름인 것을

서낭단 고개

산 제비 넘나드는 잘록배기
서낭단 마루 터

스님들도 털버덕 앉아 쉬어 가던 곳
예부터 주운 돌 놓고 가는 곳이지

6·25사변 때 아들 군대 보낸 어머님들
무사히 돌아오라고 떡시루 얹어놓고
서낭단에 두 손 모아 절하며 빌던 곳

지금은 넘나드는 사람 없어
길 따라 잡초만이 우거진 곳

요즘 서낭단 신령께서는
얼마나 외로워하시겠는가

맞이의 풍경

옷깃을
살포시 여미는
얌전한 모습

너무 순진해 보였나요
내 마음 보였듯
당신 마음 함께 보았답니다

마음을 열면
보이는 풍경이
있잖아요

우리 스침이
문을 닫을 즈음 당신은
내 마음 어디쯤 있을까요.

고향

고향을 떠나서는
못산다 했지

사람 살아가는 곳
고향보다 더 좋은 곳 있을까

그렇게 생각하면서
살아온 지 반평생

봄 되면 산에 들에 꽃 피고
이산 저산 뻐꾸기는 울어주고

밤이 되면 부엉이 소리
어려서나 지금이나 스산해지긴 마찬가지

그래도 고향을 떠나서는
살아볼 생각해 본 적이 없다네

태양이 달아오른다

아침부터 불덩이 같은 태양
낮에는 머리 위에서
이글거린다.

나무 밑 그늘
그림자로만 알았는데
불타는 태양을 가리는
그늘막으로 더할 나위 없다.

섭씨 34°~35°를 육박하는 요즘
집집마다 에어컨에 의존하나
곡식은 햇살 아래 더욱 푸르러진다.

땀이 비 오듯 흐르는 농민들
풍년의 기색이 도는 들판에서
화색이 피어난다.

황금알을 품은 용인

추수가 끝나면 기러기 떼들이
하늘을 수놓는 남사와 백암뜰
땅 내음도 향기로워 풍년을 부르는 곳

용인 처인성은 고려 시대 몽골 침입 때
김윤후 장군 화살 한 방에 몽골 장군
살리타이를 즉사시키고 승리한 곳

남사와 이동, 원삼, 백암까지 통과하는 고속도로
I.T 축으로 한데 묶어 개발될 곳
국제적 수준을 주도할 용인의 일꾼 이상일,
적재적소에 혜성처럼 나타났다.

황금알을 품은 용인
자신만만하고, 희망찬
그 모습에 찬사를 보낸다.

계절의 선물

선들바람에 구름은 하늘 높고
거리에는 코스모스가 한들거리네

대추 열매는 흐드러지게 영글어가고
사과는 불그스레 손녀딸 볼처럼 익어가네

그리울 때 만나지 못해 서글프지만
때가 되면 만나게 되듯

황금들에 올찬 오곡백과는
자연의 선물이고

계절 바뀌는 모습 눈에 보인다
모든 이에게 가을의 풍성함 안겨졌으면

제5부

인생

인생도 바람 같고
구름 같은 것을

머느리와 두 손자

맑은 구름

동남아 낯선 타국
열대 기후와 피부가 다른 사람들

이글대는 태양 아래
초목이 열을 식혀주고
밀려드는 파도가 시원함을 준다.

원주민들의 과일 인심에
따스한 인정이 묻어있고

맨발로 비벼 터는 알랑미처럼 순한 성품
10여 일 순방을 마치고 태평양 창공
기내에서 본 맑은 구름

하늘이 빚은 작품 귀하디 귀하다
그 구름 마음에 들어

하늘 맑을 청晴 자와 구름 운雲 자를 써서
청운晴雲이라 호를 지었다

향기로운 청포도

익어가는 청포도의 향기
송이마다 볼록볼록

동그란 향기 바람 되어
그대 곁에

스며들고
뭉클하게

신선함 가득
그대 가슴에

소쩍새 울음

은은한 달빛 아래 운동코스
한적하고 걸음이 빨라진다.

초저녁 소쩍새가 울어댄다
소쭉, 소쭉, 소쭉쭉 애절하다.

저 녀석이 수놈은 아니겠지
자존심이 있지 너무 애달프구나

옛적에 멀리 떠난 영혼을 그리는가
어느 때는 떠나고
언젠가는 후회할지도
어느 하늘 아래서 잘 살고 있으련만
그래도 못 잊는 슬픈 영혼

마을의 우물 터

한 송이 꽃과 나비가 맴돌아
우물 터에 분위기 새롭게 익어갔다

말과 말을 타고
가슴 깊게 파고들던 정

의사 표시는 전달로 전달로 잘 알던 사이
마음을 허락했던 두 사람인데

꽃을 싸고 있는 줄기가 너무 두꺼웠나
브르조아 바람이 나비를 쫓고
우물터는 냉기가 돌았다

꽃은 시들고
나비는 멀어질 수밖에

그리움도 서로 접고
설익은 채 등을 돌린 우물가 이야기

조비산

새벽안개 짙어지는
조비산 자락에

조천사 목탁 소리
은은하게 울린다

조계종 비구승
여승님들 참선하는 곳

바위들은 뾰족뾰족
사납게 솟아났는데
온갖 새들은 조용히 모여든다

정상에서 내려다보면
하늘을 나는 기분
극락이 한길 위에 있구나

반려자

당신을 만나서
어느새
수십 년이 되었소

평생을 불평하지 않고
아이들 치다꺼리
여러 남매를 키우지 않았오

그토록 애쓰는 걸 보면서도
부부는 그렇게 사는 거겠지
무심했다오. 미안하오
세월이 너무 흘렀오

반찬 하나도
정성을 들여 맛나게 해주니
늘 삼식이가 되었고

당신이 힘들게 살았음을
이제서야 깨달았으니
바보 같이 살았오, 사랑하오.

인생

가을 찬 서리에 단풍이 들고
낙엽 될 줄을

인생도 바람 같고
구름 같은 것을

혹시 지더라도
힘없이 떨어지는
낙엽은 되지 말아라

수정산 돌덩이 굴려다
석수장이 손끝에 다듬은 돌절구

지금은 사무실 앞에 미석이라네
정성과 사랑받은 세월 3대째

인생은 길어야 100년
꿈같이 흘러가는구나

가랑비 오던 날

가랑비에 바람이 섞여
꽃잎 휘날리고
너른 들판은 북새를 피운다

까막까치들
기를 써도 치솟다 옆으로 쏠리고
나무숲에서 맴을 돈다

꽃 가지마다 너울너울
맺혀진 열매가 망울망울

세상은 자연의 리듬에
장단 맞추어 춤을 추는구나

어느새 구름도 비켜 가
파란 하늘 햇살이 선보인다

아버님의 대도大道

십 대조 목 없는 할아버지
선무공신조 할아버지 시제 때면 마음이 착잡하다
선조 임란 때 왜놈들에게 목이 잘렸다

또다시 1907년 왜놈들 침범 막으려
의병에 지원하신 아버님
죽창과 쇠스랑 식칼로 왜놈 소탕에 참여하셨다

왜놈의 조총에 맞섰으나
놈들을 당하지 못하고
나라 주권을 빼앗겼으니

그 울분을 어찌하리오
처절한 조국 강토 피눈물 바다

1945년 8월 15일 다시 찾은 조국 강토
기쁘다 대한독립 온 가족 이끌고

면사무소 마당에서 독립 만세 외치신 아버님
내 조국이여 영원하여라

삶의 루트

스물다섯 가구 사는 작은 마을
늘 봄 같은 인정이 넘치는 곳에서 살았다

일제 강점기엔 접시에 들기름 담고
심지 만들어 불을 밝혔다.

8·15광복 되면서 석유 사다
등잔불 밑에서 공부하였다.

그러다. 남포에서 등에 석유를 넣어 불을 켰다
등잔불보다 밝았으며 촛불도 등장하였다

70년대 되면서 전기 들어오고
온 마을에 전깃불 가로등도 세워졌다.

교통수단은 자전거 타다 오토바이를 탔다
보릿고개를 겪었고 정미업을 운영하였다

생활이 발전하면서 쏘나타 자가용을 타고
면 소재지에서 점포 임대사업도 시작하였다.

국가적 개화기에 변화 발전을 겪으며
여기까지 걸어왔으니 대견하다.

독립운동 유적-산소의 비(최완영 시인의 아버님)

제6부

세월은 가는데

구름은 떠돌고

냇물은 쉬지 않고 흐른다

바닷가에서 - 아내와 함께

시원한 비 한 줄금

흰 구름처럼 살리라
생각만 하여도
마음속까지 맑아진다

때로는 검은 구름도
이글거리는 태양을
가려주니 시원하다

계속되는 가뭄에
곡식이 타들어 갈 때
한줄기 비를 뿌리고 가길

마을에 착한 분이 많이 살아서
금비 한바탕 쏟아 놓는 구름
모두가 살판났다고 아우성일세

살다 보면, 고마울 때가 많아
행복 지수가 높은 거야

설악산의 단풍

가을 설악은
어디다 비교할 수 없는 명산이다

우거진 단풍의 비경은
두 눈으론 모자란다

열정의 비단 폭은
어머님의 따뜻한 품속 같고

청명한 하늘과 맞닿은 오색 빛은
사랑하는 이의 볼과 같구나

저 아름다움을 두고
떠나기는 너무 아쉬워
내 사랑 여기 두고 가노니
다시 오마
그때까지 변하지 않기를

세월은 가는데

따스한 바람엔 커졌던 눈
찬바람에 감기나

구름은 떠돌고
냇물은 쉬지 않고 흐른다

창공은 너르니 좋고
땅은 디뎌 든든하구나

꽃잎이든 낙엽이든
시들기는 마찬가지

바람 부는 뒷전에서
빠삭빠삭 아우성
웬 성화란 말이냐

여명

동이 터 오는 새벽
소리 없이 오는 당신

잠자리 차고 일어나
분주한 하루 시작한다

차 바퀴 확인하고
아침밥 한 그릇 뚝딱이다

낮이 길어도
때 가는 줄 모르오

따뜻한 꽃바람에
얼굴 타는 줄 누가 알겠나

당신 명 따라 살아온 평생
긴 밤 찾아온들 무슨 대수겠는가

기다리는 마음

수천만 리 유럽으로
유학을 떠난다니

눈에 넣어도 안 아플 손자 녀석
공부도 좋지만, 서운한 마음 앞선다

처마 보에 집 짓고 가을 되면
떠나는 제비들

봄 되면 다시 찾아오니
얼마나 신통한가

건강하게 잘 지내기를 기도한다
공부 잘하고 제비가 돌아오듯 무사히
돌아오렴

낙조

비단 치마
불붙었네

수평선
노을빛 붉은 정열

내 가슴도
너와 함께

타 버리고
말 것이다

첫서리가 내리다

시월 십칠일
첫서리가 내렸다

지붕 위
눈 같은 서리가 하얗구나

사계절을 품은 우리나라,
하늘이 내린 보배가 아닐까

한 달 전엔 천지가 초록색이었는데
어느새 단풍으로 물들다니

한 달쯤 후엔 내가 걸어온 오솔길에도
흰 눈이 쌓이겠지

그때는 세월 모르고 눈 위에서 뒹구는
어린아이가 될지도 몰라

시골 감나무 집

담 너머 한 그루 감나무
가을 되면 불그스레 고운 연시

잎사귀도 열매를 닮아
울긋불긋

그 집 딸
얼굴빛도 연시처럼 익어가나 봐

바라보다 눈이 마주치면
민망하기 일쑤였다

땅에 떨어진 연시는
낙엽 위에 뭉그러져 있고

감채를 높이 들어 연시 따는 그 집 딸
아름다웠다

중학교 1년 후배였는데
세월이 많이 흘렀다

지나고 보니
그때가 아쉽기만 하다

설레임

조용한 시골에서
탐낼 것도
뽐낼 것도 없던 시절에

어느 날 친구들 권유로
제5공화국 통대의원에
입후보자가 되었다.

선거가 끝나고 개표장에
참관인들 지켜보는 앞에서
개표가 시작되었다

한참 후에야 당선 확정
발표를 듣게 되었는데
그때까지 얼마나 설렜는지

삶이란 어려움 속에서
인생을 배워야 하고
세상을 터득하고 익혀야 함을 느꼈다.

바다

수평선은
넓고
깊고

자기가 품은 것들은
기르고
게으르면 파도로 흔들어 깨우치나 봐

때론 성난 사자처럼 사정없이 삼켜
스스로 자기 변질을 지키기에
항상 염분 4%를 유지한다네

태양이 솟아 세상을 밝히기도 하고
노을 속으로 잠재우기도 하니
소중하구나

항상 옥석을 가리지 않고
모든 것을 받아주는 가슴
그래서 바다인가 봐

첫째딸

막내딸, 아들과 며느리

제7부

꽃의 계절

살며시 살며시 꽃밭 딛고
향기를 뿜으며 떠나가구려
꽃의 계절이여!

둘째딸 가족

세째딸과 사위

마을 앞 냇가에서

냇물이 물거품을 일구며
졸졸 흘러가는데

마을 아이들이
물탕에 젖고 땀에 젖었구나

넓적한 대야에 새끼붕어 몇 마리
송사리와 누런 미꾸라지
제법 여러 마리가 보인다

한낮이 지나 때는 기우는데
점심은 언제 먹으려고

그만 가자 한 녀석이 소리치는 걸 보니
배도 고프겠지

뛰어노는 아이들 장딴지는 제법
통통해 보이는구나

매화

아름답고 깊은 향을 지닌 꽃
조숙한 맵시에

밤새 찬 서리 내렸건만
호박꽃처럼 입 다물지 않고

추위도 모르며 긴긴밤을 지새우다니
떠꺼머리총각과 약속이라도 했던가

매화의 고귀한 품을 헤아리지 못해도
오늘도 너만 바라보다 넋이 빠졌나 봐

송어 횟집

여름 한 철 찾은 곳
용문산 자락 깊은 골짜기 흐르는 찬물에
송어가 사는 숲속의 횟집

방마다 식객이 가득 차 있고
홀 몇 팀 속에
함께 자리 잡았다

상추와 쑥갓 그리고, 향긋한 미나리
푸짐한 송어회가 차려졌다
친구와 함께 더위도 잊어진다

무더운 여름 보낼 때
매일 오늘 같았으면 좋으련만
여름 한 철 송어횟집 용문산 자락 그 집

황소

황금 빛에 뭉뚝한 놈
우직하고 두툼한 눈퉁이

다리 굽은 천하일품
힘깨나 쓸 놈

틀 잡힌 몸에
천하에 당할 놈이 없겠지

농가에서 한 식구처럼 동거했던
천하의 일꾼 황소

생각만 하여도
믿음직한 업보라오

지금은 어디로 갔는지
상상의 나라에 머물 뿐이다.

호박꽃

꽃들의 속성은 모르지만
품위로는 귀족에 속하겠지

황금빛으로 활짝 꽃피우고
그 모습 세상을 놀라게도 한다

날이 저물면 벌들이 쉬어 가고
꿀통엔 꿀이, 꽃대엔 꽃가루가 흠뻑
의식주가 해결되는 곳

누가 뭐라 해도 황금을 지닌
벌 나비들의 궁전은 호박꽃
부富를 자랑하는 꽃이라오

짝 잃은 학

짝은
언제 쯤
곁으로 돌아오려나

기약 없는 그리움은
한없이 깊어만 가는데

소식조차 모르고
떠날 때 그 모습 남아
얼마나 보고 싶을까

짝 잃은
학 한 마리
외롭고 측은해 보이네

오늘도 마을 앞
논배미에서 홀로
짝을 기다리는구나

꽃의 계절

기다리던 꽃이런가
매화와 개나리 진달래 벚꽃
연달아 아름답게 피어나는구나

자연이 주는 행복한 선물
마음껏 즐거워라
오. 오. 꽃의 계절이여

항상 내 곁에 머물러주오
그대 내 곁을 떠나려거든
고이 내가 잠이 들거든

살며시 살며시 꽃밭 딛고
향기를 뿜으며 떠나가구려
꽃의 계절이여!

청춘青春

그 시절 머무르다
바람처럼
어디론가 떠나가는 거겠지

옷자락 여미다
뒤돌아보니
머리카락 반백이 됐구려

주름진 눈가는
청춘이 떠나가는 흔적처럼
바래져 가고

서산에 일몰이
제 집을 찾아가고 있지만
그래도 마음만은 청춘이라오

첫눈이 내리던 날

백설기같이 내리는 첫눈
잠깐 사이에

온마을이
설원으로 변하였다

지금쯤 어머니 아버지 산소에도
흰 눈이 소복이 쌓였을까?

유난히 백설기를 좋아하시던 어머님
아이처럼 깨끗한 마음을 지닌
그분들의 환영이 멀리서 올 것만 같다

지금 눈 내리는 하늘을 바라보며
생각만 하고 있는 것은 불효가 아닌가

눈이 그치기를 기다려
부모님 산소를 돌봐드려야겠다

산까치

등산길 쓰레산
초입에 오르면
반갑다고 날아드는

새에게 마음을
빼앗긴다
붉고 희고 검은

산까치가 앞장을 선다
이리 나르고 저리 나르며
안내를 한다

혼자 걷는 길
너마저도 없다면
얼마나 외로울까

네가 있어 친구 되고
내 가슴의 온도는
계속 상승 중이다

산을 보고 왔지만
내가 혼자 오를 때는
언제나 네가 있어 다오

| 에필로그 |

삼천궁녀의 마지막 충정

시집《삼천궁녀의 마지막 충정》을 내면서

친구들과 내 차로 역사가 잠겨있는 부소산에 도착하게 되었다.

고란사를 비롯하여 백제의 마지막 역사가 잠들은 낙화암 절벽 아래 백마강은 지금도 유유히 흐르고 있었다. 삼천궁녀의 마지막 충정을 생각하며 필을 들어 시를 쓰기 시작하였다.

한 나라가 수백 년을 지켜 오면서 타국에 침범을 당하여 처절하게 패망하였으니 나라와 목숨을 빼앗기는 백성들의 슬픔은 이루 말할 수 없는 지경에 이르렀다. 글을 쓰면서 눈물과 함께 손이 떨렸다. 그 손 떨림은 한참 동안 진정하지 못했음을 겪었다. 군주가 나라를 잃고 목숨마저 위태로워 죽음을 선택할 때, 낙화암 백마강을 정한 것은 모두가 깨끗하게 수중고혼이 되자는 결단이었을 것이다. 참으로 고귀한 마지막 충정에서라 생각한다. 백제국은 호남평야의 식량창고 든든함만 믿고,

적을 막을 군대를 양성하지 못해 국운이 쇠하게 됨을 깨닫지 못함에 있다는 사실이 드러난다.

신라는 화랑정신을 살려 막강한 군사력을 지녔으므로 이웃 나라를 쳐부쉈다.

이 사실을 통하여 교훈으로 얻게 되는 것은 국방에는 국민이 모두 한뜻이 되어야 한다는 것이다.

모든 국민이 나라를 먼저 생각해야 함을 잊지 말아야 할 것이다.

이번에 시집을 내면서 결심한 것은, 앞으로 남은 생을 문학과 가까이하면서, 즐기며, 보다 현실적이고 새로운 가치를 발견할 수 있는 시의 세계를 나름대로 구축하면서 살아보려 한다.

시인 청운, 최완영

평도공조 시제때 초헌관 최완영 시인

해설

자신이 나고 자란 탯자리를 소중하게 생각하고 키우려는 노블레스 오블리주 정신

시집《삼천궁녀의 마지막 충정》에 나타난 최완영의 시 세계

이채원(시인, 문학평론가)

최완영 시인의 시 70편을 조심스럽게 살펴보았다. 그리고 시인이 시를 쓰지 않을 수 없었던 이유를 발견했다. 늦깎이로 시를 공부하며 여러 가지 일에 바쁘면서도 가슴은 이미 자연의 품속처럼 투명하고 맑았다.

시인의 시풍은 향토적이고 애민 정신으로 고향 사랑이 남다르다. 자신이 어릴 적부터 지금까지 한 번도 떠난 적 없이 살고있는 요람인 고향에서 전원생활 하면서, 새삼스럽게 고마운 가족과 이웃들이 있다. 그리고 세상이 바뀌고 나이 들어도 한없이 베풀어주고 정다운, 새와 자연과 꽃과 나무에 대한 경외심이 시심을 흔들었다.

천혜의 영감이 신비를 깨고 가까이 다가와 말을 걸었다.

시인의 노트는 새로움에 벅찬 행복을 껴안고 마냥 행복했다. 한번 한다면 하고야 마는, 끈기와 끼와 잠재된 능력이 비로소 조합을 이루어 하얀 종이를 메꾸어 나갔다.

최완영 시인의 첫 번째 시집 출간을 축하드린다.

황금 빛에 뭉뚝한 놈
우직하고 두툼한 눈텡이

다리 굽은 천하일품
힘깨나 쓸 놈

틀 잡힌 몸에
천하에 당할 놈이 없겠지

농가에서 한 식구처럼 동거했던
천하의 일꾼 황소

생각만 하여도
믿음직한 업보라오

지금은 어디로 갔는지
상상의 나라에 머물 뿐이다.

-〈황소〉 전문

지금은 농사도 기계가 보급되어 훨씬 쉬워졌지만, 옛날에는 황소가 없으면 농사를 지을 수 없을만큼 황소에게 의지했다. 시의 본문 중에 '농가에서 한 식구처럼 동거했던 천하의 일꾼 황소'가 나온다. 소는 그만큼 동물이면서도 한 식구인 우직하고 믿음직스런 발굽 있는 초식 동물이다. 시인이 황소 시를 시집의 맨 앞에 내세운 이유가 있을 것이다.

최 시인은 생거용인生居龍人 마을에서 몇 마지기의 땅을 갖고 있다. 직접 가꾼 푸성귀와 쌀과 곡식을 식탁에 올리며 땅의 고마움을 체험하면서 달팽이와 만나고 지렁이도 가끔 지나가는 땅을 사랑한다.

시를 쓰면서 서예를 하면서 공부는 죽을 때까지 해야 한다고 팔순이 된 지금도 주경야독으로 펜을 놓지 않는 최완영 시인. 자연을 사랑하고 고향을 널리 알리고 싶어하는 정신은 시골의 넓은 하늘과 뜰을 소재 삼아 자연 가까이에 언제나 귀를 귀울인다. 새와 동물을 사랑하고 그들이 시 속으로 들어와 가슴의 지경을 넓힌다. 그래서 우주 만물을 껴안고 교감하며 시를 즐기는 행복한 시인이다.

자연은 그러나 땅만 있다고 귀한 소작물을 불쑥불쑥 내어주는 것은 아니다. 비와 햇빛과 바람과 온도가 알

맞아야 한다. 비가 없는 건조기 때를 생각해 보라, 옛날에는 임금들도 기우제를 지내면서 자신을 성찰하고 빌면서 비를 위해 백성들과 같은 마음으로 하늘을 우러러 기도했다. 그러다 한줄기의 비라도 쏟아지는 날은 옷이 젖는 것도 아랑곳하지 않고 논밭으로 달려가 곡식을 돌봐 주었다.

바람결에 쏟아지는
먹구름 속 소낙비

엷광으로 햇빛에 반짝이는
물줄기는 투명한 기타 줄 같아

산등성이 나무숲을
쏜살같이 지나쳐 간다

까막까치 젖은 몸을 흔들어 털고
이 산 저 산 뻐꾹새는 울어대는데

밭을 매던 아주머니 깜짝 놀라
팔뚝만 한 지렁이 바라만 본다

-〈소낙비〉 전문

외로운 송학은 앞의 황소의 이미지와는 대조되는 자유의 상징이다. 시한부 인생을 살고 있는 사람이나 장애를 안고 있는 사람은 죽어서 새가 되고 싶어 한다. 최완영 시인이 이처럼 주변의 평범하면서도 다양한 소재를 자유롭게 구사하고 이질적인 조합을 소화해내는 능력이 있다는 것은 놀라운 발견이 아닐 수 없다.

앞산 솔숲에
학 한 마리

어떤 사연 있기에
외로이 숲을 지킨단 말이냐

이 숲에서 짝을 잃었느냐
새끼를 품어 날려 보냈느냐

기다란 목, 새 중에는 분명
귀족에 속하는데

명상에 빠졌는가 슬픈 사연 깃든
검은 눈자위 솔가지에 박혀 있구나

-〈외로운 송학〉 전문

'고란사를 비롯하여 백제의 마지막 역사가 잠들은 낙화암 절벽 아래 백마강은 지금도 유유히 흐르고 있다. 삼천궁녀의 마지막 충정을 생각하며 필을 들어 시를 쓰기 시작하였다.

한 나라가 수백 년을 지켜 오면서 타국에 침범 당하여 처절하게 패망하였으니 나라와 목숨을 빼앗기는 백성들의 슬픔은 이루 말할 수 없는 지경에 이르렀다. 글을 쓰면서 눈물과 함께 손이 떨렸다. 그 손 떨림은 한참 동안 진정하지 못했음을 겪었다. 군주가 나라를 잃고 목숨마저 위태로워 죽음을 선택할 때, 낙화암 백마강을 정한 것은 모두가 깨끗하게 수중고혼이 되자는 결단이었을 것이다'

부소산 낙화암 절벽 아래
백마강 물안개는 지금도 피어오르네

백제 삼천궁녀의 마지막 충정
치마폭 부여잡고 님을 향한 그 길

낙화암 절벽에 몸을 던졌으니
산천도 울고 하늘도 울고
날아가는 새들도 울었다오

고란사 목탁 소리
고요한 적막을 깨며 울려 퍼지는데
삼천궁녀 고혼은 참선에 들었나 보다

부소산 산장은 외로운 달빛 아래 희미하고
백제의 원혼 달래려
부엉이는 밤새도록
그렇게 애달프게 우는가 보다

-〈삼천궁녀의 마지막 충정〉 전문

시인은 어려운 일을 결정할 때면 늘 아버지를 생각했다.

"이럴 때 아버지는 어떤 결정을 하실까?"

'가르치는 대로 하지 않지만, 하는 대로 한다'는 덕담을 실감케 한다. 시인은《삼천궁녀의 마지막 충정》시집 제목을 정하면서 아버지를 생각했다. 그것은 아버지가 걸었던 대도의 길이 마음속에 있었기에 가능한 일이었을 것이다. 꼿꼿하고 바른길에서 한 치의 어긋남도 용납하지 않겠다는 의지가 엿보이는 최 시인의 정체성을 확인해 준다.

십대조 목 없는 할아버지
선무공신조 할아버지 시제 때면 마음이 착잡하다
선조 임란 때 왜놈들에게 목이 잘렸다

또다시 1907년 왜놈들 침범 막으려
의병에 지원하신 아버님
죽창과 쇠스랑 식칼로 왜놈 소탕에 참여하였다

왜놈의 조총에 맞섰으나
놈들을 당하지 못하고
나라 주권을 빼앗겼으니

그 울분을 어찌하리오
처절한 조국 강토 피눈물 바다

1945년 8월 15일 다시 찾은 조국 강토
기쁘다 대한독립 온 가족 이끌고

면사무소 마당에서 독립 만세 외치신 아버님
내 조국이여 영원하여라

-〈아버님의 대도大道〉 전문

성실과 근면 봉사로 이어지는 삶이다. '얼리 버드'를 실천하는 시인이다. 동이 터오는 시간 '당신'이 오신다. 당신이 오시는 시간은 게으름을 피울 수 없다. 잠자리를 차고 일어나 분주한 하루가 시작된다. 그렇게 순명으로 이어지는 생활 속에서 살아왔기에 시인의 얼굴은 언제나 평온하고 여유 있다. 그 여유 속에서 시가 살아가는 둥지가 된다.

동이 터 오는 새벽
소리 없이 오는 당신

잠자리 차고 일어나
분주한 하루 시작한다

차 바퀴 확인하고
아침밥 한 그릇 뚝딱이다

낮이 길어도
때 가는 줄 모르오

따뜻한 꽃바람에
얼굴 타는 줄 누가 알겠나

당신 명 따라 살아온 평생
긴 밤 찾아온들 무슨 대수겠는가.

-〈여명〉 전문

수신제가를 철저히 지키는 시인은 가장 가까이에 있

는 반려자에 대한 배려가 깊다. 가정이 화목하고 평화로운 이유 중 하나다. 결혼하는 부부들 천 쌍에게 댓가 없이 주례를 서 준 봉사 정신으로 받은 선물일지도 모른다. 상대방 또한 지아비를 공경함이 하늘 같아서 평생 불평하지 않고 정성을 다했다. 부부는 늘 그렇게 사는 것이려니 무심했음을 고백하는 남편이 존경스럽고 더없이 정답게 느껴진다.

당신을 만나서
어느새
수십 년이 되었소

평생을 불평하지 않고
아이들 치다꺼리
여러 남매를 키우지 않았소

그토록 애쓰는 걸 보면서도
부부는 그렇게 사는 거겠지
무심했다오. 미안하오
세월이 너무 흘렀소

반찬 하나도
정성을 들여 맛나게 해주니

늘 삼식이가 되었고

당신이 힘들게 살았음을
이제서야 깨달았으니
바보 같이 살았소, 사랑하오.

-〈반려자〉 전문

처마 밑에 집 짓고 살다가, 가을이 되면 떠나는 제비들이 봄 되면 다시 찾아오니 신통하다. 이 일이 유학을 떠난 손주와 연관성을 갖지 않는다면 너무나 평범한 일이 되었을 것. 그러나 그 제비들의 기특함 속에 시인은 멀리 유학 떠난 손주를 생각하는 할아버지의 연민이 숨어 있기에 그 문장은 배 이상의 효과를 낸다. “공부 잘하고 제비가 돌아오듯 무사히 돌아오렴.” 단지 할아버지의 화살기도 같은 그 바람이 팔순 할아버지의 시에 등장한 것은, 손주에게 얼마나 큰 감동일까.

수천만 리 유럽으로
유학을 떠난다니

눈에 넣어도 안 아플 손자 녀석
공부도 좋지만, 서운한 마음 앞선다

처마 보에 집 짓고 가을 되면
떠나는 제비들

봄 되면 다시 찾아오니
신통하기만 한데

건강하게 잘 지내기를 기도한다
공부 잘하고 제비가 돌아오듯 무사히
돌아오렴

-〈기다리는 마음〉 전문

해맞이하듯 당신 마음을 마중 나가는 시인의 삼가는 표현이 예스럽다. 내 마음은 상대에게 이미 보였으나 우리 스침이 문을 닫을 즈음의 당신 마음을 확인할 수 없음이 안타까울 뿐. 사랑을 할 때는 한 치의 작은 마음 안에 있는 상대의 생각을 읽기 위해서 때론 얼마나 많은 공을 들여야 하는지… 가까워지고 싶은 조바심, 그리움과 안타까움, 그러면서도 사랑을 바라는 두 사람은 정녕, 낫고 싶지않는 병을 앓고 있는 중. 이때 두 사람은 상대방을 통해 자신의 아니마와 아니무스를 경험하고 있는 것이다.

옷깃을

살포시 여미는
얌전한 모습

너무 순진해 보였나요
내 마음 보였듯
당신 마음 함께 보았답니다

마음을 열면
보이는 풍경이
있잖아요

우리 스침이
문을 닫을 즈음 당신은
내 마음 어디쯤 있을까요.

-〈맞이의 풍경〉 전문

그래서 바다인가 봐. 시인은 바다를 품었다. 그래서 바다를 키웠고 자신이 게으르다고 생각되면 무서운 파도를 대동해서 자신을 흔들어 깨울 수 있었던 것이다. 이 시에서는 자신이 변질될까 봐 본질을 지키려고 바다의 염분 4%를 발견해낸 성찰이 녹아있다. 항상 옥석을 가리지 않고 모든 것을 받아주는 가슴 역시 바다의 상징인 자신이다.

수평선은
넓고
깊고

자기가 품은 것들을
기르고
게으르면 파도로 흔들어 깨우치나 봐

때론 성난 사자처럼 사정없이 삼켜
스스로 자기 변질을 지키기에
항상 염분 4%를 유지한다네

태양이 솟아 세상을 밝히기도 하고
노을 속으로 잠재우기도 하니
소중하구나

항상 옥석을 가리지 않고
모든 것을 받아주는 가슴
그래서 바다인가 봐

-〈바다〉 전문

이른 장마가 지난 후 비 그치면, 어릴 적 배고플 때 따 먹던 아카시아꽃이 궁금해진다. 향기도 모습도 여전한

지 앞산 언덕을 돌아본다. 꿀벌들은 일하느라 윙윙거리고, 고사리손 길게 뻗어 이파리 두 개 따 들고 친구와 가위바위보 했지. 유난히 수줍음 많던 얼굴 해맑은 친구는 지금 어디서 무얼 할까? 피고 지고 또 피는 아카시아꽃은 해마다 피는데, 세월 따라 가버린 친구 보고파라. 아카시아꽃 피는 오월이 오면.

동구 밖 산언덕에 아카시아꽃 만발하고
아랫마을 우물가엔 여인네들 모여
쑤군쑤군 속닥속닥 정담도 구수했지

앞마을 냇가 빨래터
빨래하던 해맑은 순님씨
치맛자락 입 가리고 수줍어하던 고향

지금은 모두다
어디로 가고 향기에 젖은 내 맘에
아카시아 꽃향기만 피고 또 피고

그때 그 시절 변함없으련만
한없이 그리워지는 순백의 오월 천사
꽃그늘에 앉아 너를 생각한다.

-〈아카시아꽃 필 때〉 전문

1년 중 모내기하는 날은 가장 큰 대사 중 하나다. 온 마을 아낙네들 품앗이 일꾼되어 물논에 가득 차고, 힘센 머슴네들 양쪽에서 못줄 넘기며 에헤야. 흡사 그날은 마을잔치 같았지. 새참 들고 밭모퉁이 들밥 지날 때면 모두가 한 식구,

"어이! 밥 먹고 가게나, 이리 오게," 목소리 큰 누군가가 불러댔지.

아랫마을 진성네 모내기하던 날
밭모퉁이 들밥 터 지날 때면

목소리 큰 누군가가 불러댔지
어이 밥 먹고 가게나 이리 오게

정겨운 그 목소리 가슴에 남아
아욱국 향기보다 좋았다.

내 가슴속에 각인된 그리움의 진원지
지금도 그 풍경 그리워진다.

마을을 지나 개울 건너까지 따라온
고향의 진한 향수 이젠 말없이 흐르는
시냇물이 반기고

나도 따라 눈물이 맺힌다.

-〈시골 마을에서〉 전문

해 질 무렵, 논둑길 걸어 마을 지나가면 모락모락 피어오르던 굴뚝 연기. 빈방 온돌 데우느라 군불 지피던 어머니의 생솔가지 연기, 부뚜막에선 눈물도 함께 따라왔지. 그 사이, 나무 사이로 물들던 노을은 저무는 서쪽 마을로 땅거미 되어 내려앉고, 한 집 두 집 창가엔 불을 밝힌다.

창공에 태양이 온종일 머물다
제집 찾아 기울기 시작하네
산상 하늘 떠안고 온종일 팔이 아픈 노송들

나무 사이로 물들던 노을이
저무는 서쪽 마을로
땅거미 되어 내려앉고 한 집 두 집 불을 밝힌다.

가로등이 켜지면 자동차 불빛은
제집 찾기 시작하는데
아이들 목소리와 강아지 짖는 소리마저 정겹다.

고요히 가라앉은 저무는 서쪽 마을

평화롭고 아름다움 간직한 채 오늘 하루도
꿈나라 찾아 조용히 잠들어가누나

-〈저무는 서쪽 마을〉 전문

최완영 시인이 말하는 고향 용인은, 추수가 끝나면 기러기 떼들이 하늘을 수놓는다. 남사와 백암뜰은 땅 내음도 향기로워 풍년을 부르는 곳. 그리고 용인 처인성은 고려 시대 몽골 침입. 김윤후 장군 화살 한 방에 몽골 장군살리타이를 즉사시키고 승리한 곳. 남사와 이동, 원삼, 백암까지 통과하는 고속도로는 I.T 축으로 한데 묶어 개발될 곳이다. 국제적 수준을 주도할 용인의 일꾼인 현재 시장이 마침 적재적소에 혜성처럼 나타났다. 용인이 황금알을 품었다, 자신만만하고 희망찬 그 모습에 찬사를 보낸다.

산천 수려하고 새들도 쉬어 가는 곳
반짝이는 수정처럼 맑고 힘찬 기운 넘치는
살기 좋은 생거 용인의 처인, 기흥, 수지

고려 시대 몽골군 침략을 살리타이 총사령관
사살로 승전고 울린 김윤후 장군 활약
자랑스러워라

왜놈들에게 짓밟히다 되찾고
구국운동으로 조국을 위해 임옥여, 정주원,
이익삼, 최삼현, 오희옥 용감한 용인의 의병들이 있어

삼일만세운동 시발점의 발화된 좌찬고개
어이 잊으랴 인구 100만이 넘고 행복이 넘치는
활기찬 도시 생거 용인에서 살고파라

-〈생거용인〉 전문

최완영 시인의 시집은 땅과 자연과 그리운 사람들 이름을 불러낸다. 가만히 귀 기울이고 들어 보면, 그의 유년에서 현재에 이르기까지 서사적 리듬이 속삭임으로 조용하게 읊조리는 것을 느낄 수 있다. 그래서 한 권의 시를 다 읽고 나면 어느 정겨운 마을의 묘사가 떠오르고 시어들이 움직인다. 마음이 정화되고 편안해진다.

때론 원관념에 객관적 활유법이 사용되어 의인화된다든지, 적당한 비유가 활용되어 전체적인 리듬을 늦추지 않으려는 센스를 갖추고 있음도 다행이라는 생각을 한다. 그것은 어떤 기교나 의도적인 장치가 아니고 진솔하게 시의 영감을 살려내는 장점이기도 하다.

주제는 자신이 나고 자란 탯자리를 소중하게 생각하고 키우려는 노블레스 오블리주 정신인 듯싶어서 몹시 반갑다. 고향의 신혼부부에게 천 쌍의 주례를 맡아 앞길을 열어준 사람이라면 다른 말은 필요 없을 것이다. 그러한 활동의 바탕에서 시를 쓴다는 정신 작업 또한 쉽지만은 않았으리라. 항구하게 더욱 정진하여 최완영 시인의 앞날에 문운이 창대하기를 기대해 본다.

최완영 시집

삼천궁녀의 마지막 충정

| 초판 인쇄 | 2023년 12월 14일
| 초판 발행 | 2023년 12월 20일
| 지은이 | 최완영
| 펴낸이 | 노용제
| 펴낸곳 | 문학秀출판
| 등 록 | 제 2-5003호
| 주 소 | 100-015 서울특별시 중구 창경궁로1길 29
| 전 화 | 02-2272-8807
| 팩 스 | 02-2277-1350
| 이메일 | rossjw@naver.com
| 공급처 | 정은출판(02)2272-9280

정가 12,000원
ISBN 971-11-978432-3-5 (03810)